VENTE DU MERCREDI 6 NOVEMBRE 1889

HOTEL DROUOT, SALLE N° 5

A DEUX HEURES

PORCELAINES ANCIENNES

De la Chine et du Japon

ÉMAUX CLOISONNÉS, BRONZES

BOIS SCULPTÉS — LAQUES

TAPIS D'ORIENT

EXPOSITION

LE MARDI 5 NOVEMBRE 1889

DE UNE HEURE A CINQ HEURES

Mᵉ PAUL CHEVALLIER	M. ARTHUR BLOCHE
COMMISSAIRE-PRISEUR	EXPERT
10, rue de la Grange-Batelière, 10.	25, rue de Châteaudun, 25.

CATALOGUE

DE

PORCELAINES ANCIENNES

DE LA CHINE & DU JAPON

Émaux cloisonnés — Bronzes

BOIS SCULPTÉS — LAQUES

Tapis d'Orient

DONT LA VENTE AURA LIEU

HOTEL DROUOT, SALLE Nº 5

Le Mercredi 6 Novembre 1889

A 2 HEURES

Mᵉ PAUL CHEVALLIER	M. ARTHUR BLOCHE
COMMISSAIRE-PRISEUR	EXPERT
10, rue de la Grange-Batelière, 10	25, rue de Châteaudun, 25

EXPOSITION PUBLIQUE

LE MARDI 5 NOVEMBRE 1889

DE 1 HEURE A 5 HEURES

CONDITIONS DE LA VENTE

Elle sera faite au comptant.

Les acquéreurs payeront, en sus des adjudications, *cinq pour cent* applicables aux frais.

L'Exposition mettant le public à même de se rendre compte de l'état des objets, il ne sera admis aucune réclamation une fois l'adjudication prononcée.

Paris. — Imp. de l'Art, E. Ménard et Cⁱᵉ, 41, rue de la Victoire

DÉSIGNATION DES OBJETS

PORCELAINES

1 — Grande et très belle jardinière en ancienne porcelaine de Chine de la famille verte, forme dite cul de poule, décorée de paysages avec grandes fleurs et volatiles, en émaux de couleur et rehaussés d'or, sur socle en bois sculpté. Pièce remarquable par sa qualité et sa conservation.

2 — Deux très belles jardinières en ancienne porcelaine de Chine de la famille verte, forme octogone à pans légèrement cintrés, décor à paysages, fleurs et oiseaux, en émaux de couleur. Pièces rares. Sur tabourets-supports en bois de Chine.

3 — Grand vase piriforme, en ancienne porcelaine de Chine polychrome, décoré de chrysanthèmes et pivoines, garni d'un large lambrequin. Pied en bois sculpté et ajouré.

4 — Deux vases en céladon craquelé, à décor de guerriers sur fond ocre, bordure en relief, en biscuit brun.

5 — Deux vases de forme hexagonale, à décor de chrysanthèmes et pivoines arborescentes.

6 — Deux vases plus petits, de même forme et de même décor.

7 — Vase à quatre pans, décoré de paysage et émail bleu sur fond blanc.

8 — Potiche ovoïde à couvercle, décorée d'un paysage traversé par une procession du dragon, bordures et lambrequins polychromes.

9 — Bouteille à col s'évasant légèrement à l'ouverture, ornée de quatre personnages en reliefs, et décorée de fleurs, insectes, arabesques, polychrome et or sur fond blanc.

10 — Grande bouteille en céladon flambé rouge haricot.

11 — Bouteille turbinée à col cylindrique, à décor bleu sur fond blanc.

12 — Potiche et son couvercle, à décor de personnages dans un paysage. Famille verte.

13 — Vase céladon, décoré de mandarins, sur fond jaunâtre, anses à chimères brunes.

14 — Potiche à corps sphéroïdal, à piédouche. Décor bleu, personnages sur fond blanc.

15 — Grand vase cylindro-ovoïdal à col droit, décoré de trois dragons dans des médaillons à paysages sur fond quadrillé, bleu et manganèse.

16 — Deux potiches de forme sphéroïdale, à fleurs de thé en réserve sur fond bleu marbré et quadrillé.

17 — Vase forme balustre, à décor de pivoines, d'arabesques vertes sur fond rose.

18 — Vase forme balustre, décor à mandarins sur fond blanc.

19 — Vase rouleau, à décor polychrome, pavillon, paysage et personnages.

20 — Potiche, décor polychrome à personnages dans un paysage planté de palmiers. Famille verte.

21 — Potiche à décor de vases et fleurs, fond blanc.

22 — Potiche décorée de rosaces polychromes sur branchages et arabesques verts.

23 — Vase cylindrique, décor bleu, paysage sur fond blanc.

24 — Vase ovoïde, fond bleu flambé.

25 — Deux vases à six pans ajourés, décor bleu sur fond blanc.

26 — Deux fontaines en porcelaine du Japon, décor bleu, rouge et or.

27 — Jardinière à panse renflée, décorée du dragon impérial à cinq griffes. Famille verte.

28 — Vase sphéroïdal, décor à personnage et paysage. Famille verte.

29 — Deux bouteilles à anses, en céladon craquelé
ocre brun.

30 — Vase cylindrique et son couvercle, décor bleu
sur fond blanc.

31 — Vase turbiné à décor polychrome, branche de
fleurs.

32 — Jardinière hexagonale, décor de mandarins.
Famille verte.

33 — Potiche sphéroïdale, décorée de fleurs et de
feuillages dans des médaillons sur fond d'é-
cailles.

34 — Demi-vase-applique à décor d'oiseaux et d'a-
rabesques, monté sur bois dur.

35 — Deux petites jardinières-appliques, à décor
chrysanthème sur fond vert.

36 — Jardinière turbinée à trépied et anses en céladon bleu truité.

37 — Petit vase de forme aplatie, en céladon craquelé à fond vert, décor de fleurs.

38 — Bol et petit vase sphérique à décor bleu.

39 — Trépied de forme trifoliée, décoré de vases, fleurs, chimères, etc. Porcelaine de Kanghi.

40 — Deux chimères fond bleu turquoise.

41 — Deux petites coupes en céladon jaunâtre, ornements en relief.

42 — Cantine à trois compartiments et couvercle décoré de fleurs bleues sur fond blanc.

43 — Bouteille à long col en porcelaine fond bleu turquoise craquelée.

44 — Petite bouteille en porcelaine fond bleu turquoise craquelée.

45 — Deux flacons de forme conique en porcelaine, décorés de chrysanthèmes et de papillons en rouge à rehauts d'or sur fond blanc.

46 — Plateau circulaire en ancienne porcelaine de Chine de la famille verte, décorée d'une composition de neuf figures.

47 — Plateau circulaire en ancienne porcelaine de
Chine de la famille verte, décoré d'un dragon
au centre.

48 — Chaufferette rectangulaire à double face, famille verte, décor de paysage et personnages,
fleurs et papillons.

49 — Statuette de femme, tenant un rouleau de pa-
pier. Porcelaine à couverte blanche.

50 — Deux statuettes de femme tenant une fleur
dans la main gauche, en porcelaine à couverte
blanche.

51 — Trois statuettes d'enfant portant un vase de
fleurs, famille verte.

52 — Divinité cornupède posée sur un dauphin chi-
mérique blanc.

53 — Statuette de pèlerin en grès noir, appuyé sur
un cep de vigne.

54 — Deux chiens de Fô sur socle, en porcelaine
blanche de Chine.

55 — Statuette de Chinois assis, vêtu d'une robe en céladon fond vert d'eau.

56 — Brûle-parfums en forme de bourse, surmonté d'un rat.

57 — Coupe ovale lobée, décor polychrome, fleurs et feuillage.

58 — Plateau de forme coquille perlière, décor polychrome.

59 — Petite potiche, décor polychrome à fleurs et insectes, à bordure brune dentelée.

60 — Petit vase craquelé, flambé sang de bœuf sur fond teinté.

61 — Petit pitong, fond blanc, décoré d'arbustes à rehauts d'or.

62 — Deux petites tasses à fond rouge et vert, décor de fleurs et caractères.

63 — Deux petits bols, fond jaune impérial et bleu foncé.

64 — Théière et cinq tasses en porcelaine de Kioto, à décor polychrome et parties dorées. Dessin à paysage et habitations.

65 — Petite théière en porcelaine de Koutani, décorée de fleurs et d'oiseanx.

66 — Trois petites tasses de même décor.

67 — Trois tasses en porcelaine de Chine, décorées de personnages polychromes sur fond or.

68 — Théière quadrangulaire en porcelaine de Chine, décor fleurs.

69 — Cinq petites tasses et une boîte en porcelaine de Chine.

70 — Compotier à contours échancrés, dessin or sur fond rouge, sujet polychrome au centre.

71 — Grand plat à médaillon central orné d'un dragon et à quatre paysages réservés sur fond bleu, décoré d'ibis et de fleurs.

72 — Grand plat décoré d'un dragon, à marli orné d'arabesque rouge sur fond bleuté.

73 — Plat à décor : paysage, personnages, fleurs
et arabesque en rouge, noir et or sur fond
blanc.

74 — Plat creux à décor bleu, dragon et feuillages.

75 — Deux plats, décor de fleurs et d'arabesque
rouges et or sur fond blanc.

76 à 78 — Six plats à décor de personnages, mandarins et guerriers dans des paysages. Famille
verte. (Ce lot sera divisé.)

79 — Deux plats décorés de fleurs et d'arabesques
rouges et or sur fond banc.

80 — Plat long octogone à décor de dragon, pois-
son, oiseau et fleurs.

81 — Deux plats à fond ocre jaune, décor à fleurs,
feuillages et papillons polychromes.

82 — Deux plats, famille verte, à paysage et fleurs
et à marlis quadrillés.

83 — Grand plat en céladon à fond glauque, à des-

sous vert, décoré de pivoines et d'oiseaux polychromes.

84 — Plat à médaillon central, orné d'un coq doré
et d'un paysage en bordure avec fleurs et vola-
tile.

85 — Plat orné de fleurs sur fond quadrillé.

86 — Plat en céladon bleu foncé.

87 — Quatre assiettes creuses à personnage central,
marli à fleurs sur fond vert.

88 — Deux assiettes fond vert d'eau, décorées d'at-
tributs.

89 à 96 — Seize assiettes, décors de fleurs et d'oiseaux. Famille verte.

97 — Quatre assiettes à décor rose, arbustes, arabesques, fleurs et feuillages.

98 — Quatre compotiers, décor de fleurs et de papillons sur fond vert pointillé.

99 — Trois compotiers à décor polychrome.

100-101 — Quatre bols, dont un à piédouche, à décor de fruits, de fleurs et de dragons.

102 — Quatre petits plateaux-mignonnettes de forme hexagonale ; porcelaine de Kanghi.

103 à 109 — Quarante-trois soucoupes à décors polychromes variés.

110 — Deux petites boîtes, dont une cannelée, à médaillon très finement décoré de petits personnages.

111 — Plaque rectangulaire décorée de sept personnages jouant de divers instruments de musique.

112-113 — Huit plaques-appliques en forme de vase, à fond gros bleu.

ÉMAUX CLOISONNÉS ET PEINTS

114 — Joli brûle-parfums forme quadrilobée, en ancien émail cloisonné fond bleu turquoise, à rosaces polychromes, anses à dragons, supporté

par quatre têtes d'éléphants en bronze, avec socle et couvercle en bois sculpté à jour.

115 — Deux belles bouteilles à goulot tournant, panse sphérique, partie ajourée, en émail cloisonné de Chine, dessin polychrome sur fond bleu turquoise.

116 — Boîte ovale en ancien émail cloisonné de Chine, décor à oiseaux et branchages.

117 — Petite théière en émail cloisonné du Japon, décor médaillons à fleurs, fond blanc réservé sur fond violet.

118 — Deux soucoupes en émail cloisonné du Japon, fond bleu turquoise.

119 — Petit vase, fond bleu turquoise, dessin polychrome en émail cloisonné.

120 — Compotier en émail peint de la Chine, décor médaillon au dragon sur fond mosaïque clatré ; bordure jaune impérial, dessin chauve-souris et entrelacs polychromes.

121 — Trois petites tasses en émail peint, partie translucide ; dessin à arabesques de fleurs en vert. Travail chinois.

122 — Cinq petites jardinières mignonnettes avec plateaux en émail peint et ancien de la Chine, décor à personnages.

BRONZES

123 — Beau brûle-parfums, patine frottée et cuivrée, avec anses à têtes chimériques, couronné par une chimère.

124 — Deux vases à panses gravées avec anses à têtes chimériques et anneaux mobiles. Travail ancien.

125 — Groupe de trois figures en bronze ancien.

126 — Cornet, patine cuivre, décoré de ceps de vigne.

127 — Petite conque, décor en bas-relief.

128 — Brûle-parfums, offrant en bas-relief des ani-
maux dans un paysage montagneux ; socle et
couvercle en bois. Travail ancien.

129 — Brûle-parfums forme maison rustique.

130 — Petite jardinière à anses, formée de ceps
de vigne, en bronze, à patine cuivrée.

131 — Petite lampe sur trépied en bronze gravé, à
patine cuivrée.

132 — Petite bouteille à panse semée de fleurettes ;
anses formées de têtes chimériques,

133 — Vase hexagonal à anses serpents, orné de
figurines sur fond ajouré ; patine noire.

134 — Chimère en bronze, à patine cuivrée.

135 — Deux petites coupes à anses, en bronze ci-
selé et doré.

136 — Fleur de lotus en bronze doré.

137 — Deux statuettes en bronze : Divinités chi-
noises.

138 — Deux petits bronzes chinois : Personnages
couchés.

139 — Petite tasse en forme de fleur, sur plateau
en bronze incrusté.

BOIS SCULPTÉS ET LAQUÉS

140 — Groupe en racine de bambou sculpté, repré-
sentant un dieu assis sur un tabouret, autour
duquel quatre personnages, dont l'un tient un
parasol.

141 — Statuette de rieur, en bambou.

142 — Mandarin à longue barbe pointue, portant
un sabre en sautoir.

143 — Divinité assise sur un rocher; racine de
bambou.

144 — Dieu de la longévité debout ; racine de bambou.

145 — Dieu de la longévité assis ; racine de bambou.

146 — Grande boîte ronde à double fond en laque rouge de Pékin, à dessin, paysage et personnages en relief.

147 — Plaque en jade blanc ajouré, sur pied en bois dur sculpté.

148 — Grande plaque rectangulaire en bois laqué, ornée de personnage en ivoire décoré et gravé.

149 — Deux tabourets à quatre pieds, en bois laqué rouge, avec ornements, fleurs et oiseaux en nacre et ivoire.

150 — Deux petits tabourets à quatre pieds, en laque noir et mêmes ornements.

151 — Deux petits tabourets à deux pieds, en laque noir, ornements en nacre et ivoire.

152 — Petite table en laque, dessus, vol de cigo-
gnes sur un marais.

153 — Écran en bois de fer, orné de deux plaques
en porcelaine de Chine décorées de personnages.

154 — Petit plateau en laque, à personnages ar-
gentés.

155 à 160 — Six tapis d'Orient, haute laine, à des-
sins variés.